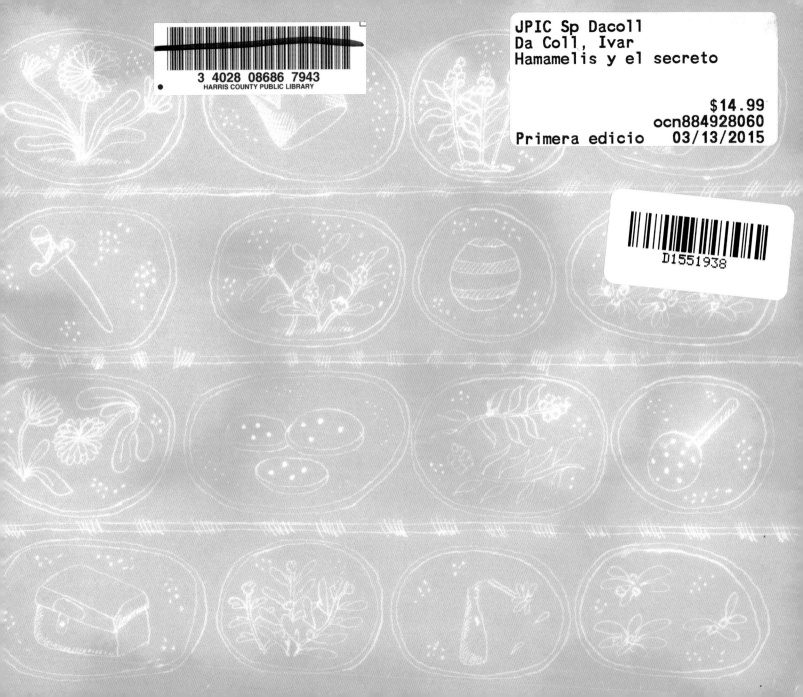

Hamamelis y el Secreto

Ivar Da Coll

Ediciones Ekaré

Un día, Miosotis le pidió a Hamamelis

que le guardara un secreto...

... y, como un secreto de un amigo

debe quedar muy bien guardado,

Hamamelis lo llevó a su casa,

lo metió dentro de su caja

de juguetes...

... y se sentó sobre ella

para que no se le fuera a escapar.

Al cabo de un rato,

Hamamelis sintió ruidos extrañísimos,

como si el secreto estuviera jugando

con las cosas que había dentro de la caja.

Pensó: «¿Se divertirá el secreto con mis juguetes?

¡Cómo me gustaría jugar con él!

Pero si abro la caja, escapará».

Entonces preguntó en voz alta:

 —¿Te diviertes?

Nadie contestó.

Los ruidos continuaron;

el secreto jugaba, pero no quería responder.

Hamamelis pensó entonces:

«Tal vez el secreto esté enojado porque lo encerré».

 Volvió a preguntar:

—¿Estás enojado?

Y, como la primera vez, nadie respondió.

En ese momento llegó Caléndula a visitarlo.

Como Hamamelis no se apartaba de la caja,

su amiga le preguntó:

—¿Qué guardas ahí?

—Un secreto, un secreto de

Miosotis —respondió Hamamelis.

—¿Un secreto? ¡Quiero conocerlo!

—¡No! —afirmó Hamamelis—. Miosotis me

lo dio a mí para que lo guardara.

—Y... ¿si te doy estas tres galletas

de canela? —propuso Caléndula.

A Hamamelis le gustaban mucho

las galletas de canela;

pero un secreto es un secreto.

—No, no puedes verlo —dijo.

De pronto llegó Albahaca,

y como Hamamelis no se apartaba

de la caja de juguetes, le preguntó:

—¿Qué tienes escondido allí?

—Un secreto que me dio Miosotis

para que lo guardara.

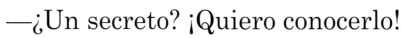

—¿Un secreto? ¡Quiero conocerlo!

—¡No! —respondió Hamamelis.

—Y si Caléndula y yo bailáramos

al compás de la maraca,

¿nos mostrarías el secreto? —insinuó Albahaca.

Hamamelis se divertía muchísimo

cuando Albahaca y Caléndula bailaban,

pero... un secreto es un secreto. Y dijo:

—No, no puedo.

Entonces, Miosotis regresó:

—¿Dónde tienes mi secreto? —preguntó.

—Aquí, dentro de esta caja —respondió Hamamelis.

—Está bien —dijo Miosotis—.

Ahora que estamos juntos,

mostraré mi secreto.

Miosotis y Hamamelis
abrieron la caja
y el secreto saltó fuera.
—¡Qué secreto más bonito tenías
guardado, Miosotis! —exclamaron
todos a la vez.

Así, Miosotis, Hamamelis, Caléndula, Albahaca

y el secreto

comieron galletas de canela

y bailaron al compás de la maraca.

EDICIONES
ekaré

Edición a cargo de Verónica Uribe
Dirección de arte: Irene Savino

Primera edición tapa dura, 2014

© 1991 Ediciones Ekaré

Todos los derechos reservados

Av. Luis Roche, Edif. Banco del Libro, Altamira Sur. Caracas 1060, Venezuela

C/ Sant Agustí 6, bajos. 08012 Barcelona, España

www.ekare.com

ISBN 978-84-941716-6-6 · Depósito legal B. 24666-2013

Impreso en China por South China Printing Co. Ltd.

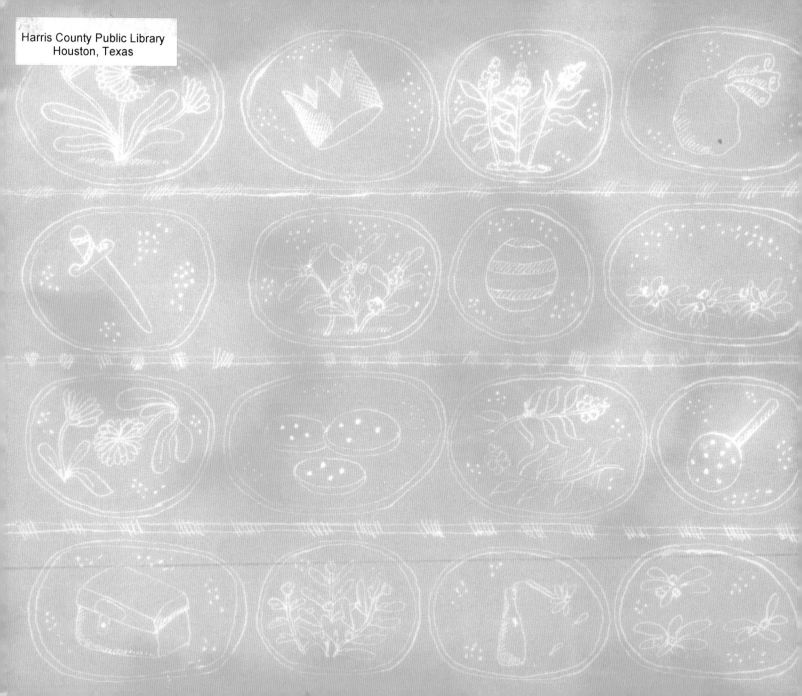